ESTE L
PERTENECE A:

- -

Para Neizan, Carmen y Valeria
BEGOÑA ORO

Papel certificado por el Forest Stewardship Council®

Primera edición: febrero de 2023
Segunda reimpresión: noviembre de 2023

© 2023, Begoña Oro
© 2023, Penguin Random House Grupo Editorial, S. A. U.
Travessera de Gràcia, 47-49. 08021 Barcelona
© 2023, Keila Elm, por las ilustraciones

Printed in Spain – Impreso en España

ISBN: 978-84-488-6374-6
Depósito legal: B-22.421-2022

Compuesto por Keila Elm
Impreso en Talleres Gráficos Soler, S. A.
Esplugues de Llobregat (Barcelona)

BE 63746

El DRAGÓN de Las LETRAS

ANA, EL DRAGÓN
Y LA NUBE ASPIRADOR

AQUÍ HAY UN
DRAGÓN...

PERO ¡NO ES UN DRAGÓN CUALQUIERA!
ES EL DRAGÓN RAMÓN Y ES ESPECIAL PORQUE...

¡ES EL DRAGÓN DE LAS LETRAS!

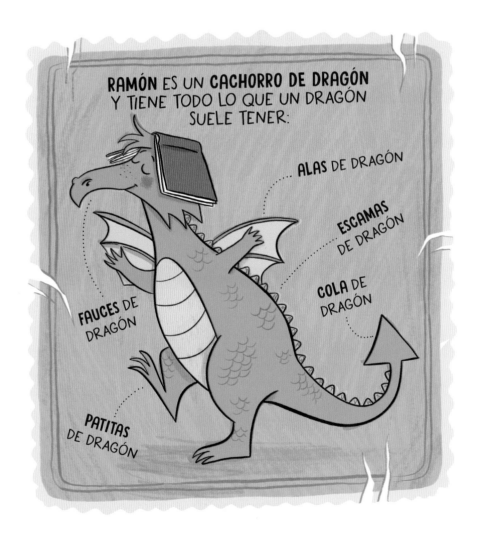

RAMÓN ES UN **CACHORRO DE DRAGÓN** Y TIENE TODO LO QUE UN DRAGÓN SUELE TENER:

ALAS DE DRAGÓN

ESCAMAS DE DRAGÓN

COLA DE DRAGÓN

FAUCES DE DRAGÓN

PATITAS DE DRAGÓN

PERO HAY ALGO QUE HACE A **RAMÓN**
DISTINTO A LOS DEMÁS DRAGONES:
NO ES CAPAZ DE ECHAR FUEGO POR LA BOCA.

¡PARECE UN DRAMÓN!

PERO NO LO ES.

CADA VEZ QUE RAMÓN INTENTA ESCUPIR FUEGO, EN VEZ
DE FUEGO, ECHA UNA LETRA. ¡Y CON LAS LETRAS SE PUEDEN
VIVIR UN MONTÓN DE AVENTURAS Y RESOLVER TODO TIPO
DE PROBLEMAS!

TODO EL MUNDO LO SABE, Y AHORA, CUANDO ALGUIEN
TIENE UN PROBLEMA, LLAMA AL **DRAGÓN DE LAS LETRAS**.
Y LO MEJOR ES QUE RAMÓN SIEMPRE SIEMPRE
ACUDE AL RESCATE.

LO QUE NADIE SABE, NI SIQUIERA EL PROPIO **RAMÓN**,
ES QUÉ LETRA SALDRÁ.
(PASA LA PÁGINA Y LO AVERIGUARÁS).

¡AAAAAAAAA...

—¡**AAA**H!
AN**A** EST**Á A**SUST**A**D**A**.

ARRIB**A** H**A**Y UN**A**
NUBE R**A**R**A**.
D**A** MIEDO.

—¡**A**YUD**A**, DR**A**GÓN
DE L**A**S LETR**A**S!
¡EST**A** NUBE ES UN PELIGRO!

RAMÓN VUELA AL RESCATE.

¿QUÉ LETRA SALDRÁ DE SUS FAUCES?

¡UN**A A**!

ANA Y RAMÓN
SE **A**GA**CH**A**N**.

¡QUÉ **A**
M**Á**S **A**NCH**A**!

DE LA NUBE CAEN
COSAS RARAS.

CAE UN ABETO

CAE UN PASTOR

CAE UNA
VACA

¡Y UN ESCALADOR!

ESTA NUBE
NO ES NORMAL.

¿POR QUÉ NO SUELT**A A**GU**A**, COMO L**A**S DEM**Á**S?

L**A** NUBE SE **A**LEJ**A**.

—¡V**A**MOS **A** VER **A**DÓNDE V**A**!

RAMÓN Y **ANA** SE SUBEN
POR L**A** **A** Y S**A**LT**A**N.

–¡**A**RRE, DR**A**GÓN! ¡**A** LO M**Á**S **A**LTO!

L**A** NUBE V**A**
A L**A** MONT**A**Ñ**A** Y...

¡ASPIRA CUATRO VACAS!

LA NUBE ASPIRA
Y ASPIRA...

¡HASTA QUE NO QUEDA NADA!
¡ESO ES LO QUE PASABA!

RAMÓN SOPLA Y SOPLA...
Y SALE OTRA A.

Y EMPUJ**A** L**A** NUBE
UN POCO M**ÁS A**LL**Á**.

RAMÓN Y **ANA**
VUEL**A**N DETR**Á**S,

Y CU**A**NDO P**ASA**
POR EL L**A**GO,
¡Z**A**S!

EL DRAGÓN DE LAS LETRAS LANZA OTRA A

Y OBLIG**A A LA** NUBE
A ATERRIZ**A**R.

¡S**A**C**A A**GUA DEL L**A**GO!

LA NUBE **A**SPIR**A** Y **A**SPIR**A**...

Y **A**HOR**A** EST**Á** LLEN**A**
DE **A**GU**A**.

¡Y**A** NO ES UN**A** NUBE R**A**R**A**!
AHOR**A** SUELT**A**...

¡**A**G**U**A!

BUENO, **A**GU**A** Y...
UN P**A**TO... DOS R**A**N**A**S...
¡Y **A**QUELL**A**S CU**A**TRO V**A**C**A**S!

TODAS SE HACEN AMIGAS

DEL DRAGÓN
RAMÓN Y DE **ANA**.

Y FELICES Y CONTENT**A**S
B**AILA**N BIEN MOJ**A**D**A**S.

¡APRENDE A DIBUJAR A RAMÓN!

1

2

3

4

5

LA NUBE AAA

DE ESTA NUBE SOLO CAEN COSAS QUE EMPIEZAN POR **A**. <u>SUBRÁYALAS</u>.

RELOJ ARAÑA ANILLO

BICI ABUELO

PELOTA

¿TE ATREVES A INVENTAR UNA HISTORIA SOBRE ESTA NUBE? CUÉNTASELA A TU ABUELO, TU ABUELA O A ALGUIEN A QUIEN QUIERAS.

LA NUBE DESORDENADORA

HAN CAÍDO ESTAS FRASES DE LA NUBE,
PERO ¡SE HAN DESORDENADO!

UNE CADA UNA ⟶ CON LA QUE SUENE PARECIDA.

ANA VA A LA COCINA.

¿DÓNDE ESTÁ LA MERMELADA?

SE HARÁ UNA TOSTADA.

ERA DE MELOCOTÓN.

¡AY! SE LA COMIÓ EL DRAGÓN.

TIENE UN HAMBRE CANINA.

UNA **A** RECORTABLE

¿TE ANIMAS A HACER ESTA MANUALIDAD CON RAMÓN?

¡RECORTA LA **A** Y PÍNTALA CON TUS COLORES FAVORITOS!